U0068021

故夢重溫

藍色水銀、破風、765334、宛若花開　著

Family Sky 天空數位圖書出版

目錄

目錄

破風

目錄

目錄

短跑

文：藍色水銀

故夢重溫

在太平的坪林國小只念了一年，但對田徑有了初步的概念，訓練時綁了沙包在腳上跑，瘦弱的我根本難以負荷，在漸漸習慣之後，老師要我穿上釘鞋，試試沒綁沙包的成果，結果我的腳步變大了，但速度卻沒有增加多少，於是我沒有入選短跑選手，只能一直練習跳遠。

上了國中，附近有個女生跟我同年級，她的皮膚很黑，是原住民，因為跑得很快，所以男生都怕她，我因為打棒球時打中她的右肩而認識她，沒想到成了她的短跑陪練員，陪她跑了幾天，她覺得我不夠快，本想換掉我，我只好承認沒盡全力，結果兩人都使盡力氣，幾乎同時到達，這也表示她的極限就在這裡了，也就是 100 公尺跑 12 秒 8 左右，比大部分的女生快，但還沒辦法拿到世界級的獎牌，隨著不斷訓練，她決定改練 100 公尺跨欄，但始終徘徊在 14 秒左右，雖然還是很快，但依舊無法跟一線的國手相比。

上了高職，學校的運動會出了一個天才，100 公尺跑 11 秒，200 公尺跑 21 秒 8，跳高 2.05 公尺，他謙虛地說，這樣的成績，只能在區運(後來的全運)拿個第三至第五，也說練習頂多只能快個半秒，要拿全國冠軍還需要一點運氣，至此，我完全明白了運動員是需要天賦的，沒有足夠的天賦，再怎麼練習也是枉然，那時，我才想起前三級跳遠國手黃誠告訴我的話，天賦才是最重要的，練習只是更上一層樓，但終究是有極限的。

跳遠比賽

文：藍色水銀

故夢重溫

搬到太平那年，我十一歲，班導師做了一件事，對班上所有的同學做了立定跳遠的測量，我的成績是 2.1 米，隨後他告訴我，我的跳遠應該可以到達 4.3 米左右，他希望我代表學校出賽鄉運的跳遠項目，沒錯，當時的太平還是個鄉，後來升格為縣轄市，目前則因縣市合併改為太平區。

不過我未能在比賽中正常表現，只跳了 3.9 米，這項運動就暫時消失在我生命中，五年後，也就是 1984 年的洛杉磯奧運，美國短跑名將 Carl Lewis 囊括了 100 公尺、200 公尺、跳遠及 400 公尺接力四面金牌，電視畫面上播出了他跳遠的畫面，這讓我想起了國小五年級比賽的場景，隔年，學校舉辦運動會，此時我的立定跳已經達到 2.7 米，可惜因為參加太多項比賽，肌肉拉傷，只跳了 5.1 米，未能拿下名次。

上了二專，那是 1988 年的漢城奧運之後，Carl Lewis 再度拿到了跳遠金牌，那年，我參加了學校的運動會，拿下了 1,600 公尺接力的銀牌，而跳遠依舊是失常，最佳成績只跳出 5.47 米，遠不及練習的平均成績 5.85 米，那是我生涯的最後一次跳遠比賽，未能跳出平均水準，難免遺憾，原來，跳遠最難的是準確地踩在跳板上起跳，我的同學告訴我，我至少離跳板 50 公分就起跳，原因其實相同，我的大腿肌肉已經有傷，腳步無法精準控制，雖然帶著遺憾，但人生就是如此，有贏就有輸。

1,600 公尺接力

文：藍色水銀

故夢重溫

高二那年，學校辦了運動會，班長知道我的速度還可以，就要我跑 1,600 公尺接力的第三棒，這是件苦差事，因為400公尺是需要技巧的，如果不會配速，一開始就盡全力衝刺，非常有可能跑不完全程，或者最後幾十公尺用龜速跑完。

班上的前兩棒，就犯了剛剛說的錯，所以我接到棒子的瞬間，第一名已經離我將近200公尺，第五名約150公尺，但我沒放棄，照著習慣的速度在跑，剩下90公尺時全力衝刺，交棒的時候，剛好超過第三名，距離第二名僅三公尺左右，班長跑第四棒，最終順利得到第二名，僅距離第一名約五公尺，雖然如此，我也很欣慰了，畢竟一開始輸太多。

最後 50 公尺，我聽到了一個熟悉的聲音在大喊我的名字，那是我非常喜歡的學妹在幫我加油，或許是因為這樣的緣故，我跑出了一個相當不錯的成績，隔年，幾乎相同的劇本，班上再度拿到第二名，而學妹也一樣在場邊為我大聲加油，雖然未能跟她談戀愛，但這也是另一種甜蜜吧！上了二專，系上缺了一名選手，我自告奮勇跑第三棒，接棒時離第一名約 100 公尺，我依舊是最後一個接棒，我用熟悉的節奏在跑，我沒有讓同學失望，學長說我跑出了 53 秒的佳績，追過四個人，追平一個人，距金牌僅 30 公尺不到，就這樣，生涯三次 1,600 公尺接力都拿下銀牌，雖然沒有金牌，卻也無憾了。

音樂夢

文：藍色水銀

故夢重溫

很小的時候，我就喜歡上音樂，那年，我應該只有三歲，母親帶著我回娘家，下了公車之後，在鄉間小路上，唱著尤雅的往事只能回味，母親甜美的嗓音，讓這首歌的哀傷味全都消失了，另一首則是回娘家：背起了小娃娃～兩首歌都唱完，也差不多到外婆家了，長大之後，我才真正知道這兩首歌的意思，畢竟當時還很小。

搬到東勢之後，上了幼稚園，學會了娃娃國這首童謠，爸爸媽媽都很高興，一年後，搬到新社與祖父母同住，祖父買了電唱機，唯一的一張唱片是貓王的 Are You Lonesome Tonight？從此我也迷上了貓王，但真正掉進音樂的坑裡，是國中跟高中時期，總共買了百多卷的錄音帶，還有三張收藏的唱片，而高中時對音樂的瘋狂，超過了課業許多。

為了音樂晚會，我苦練了一首歌三百多遍，終於可以用一把六百元的木吉他自彈自唱，跟我同台的還有學妹，後來又用打工的錢買了電吉他，不過跟錯了老師，未能更上一層樓，技巧一直無法突破，最後在升學壓力下被迫放棄，退伍後，曾經找到錄音室學徒的工作，可惜老闆早已無心戀棧，不到兩個月就把錄音室拆了，那是我曾經接觸到最接近音樂的工作，30 歲那年，MIDI 軟體剛流行，短暫燃起了我對音樂的熱情，但因為周邊設備需要大量的金錢，所以就沒有繼續，最後，連我創作的歌詞跟曲，也被父親當成垃圾給丟了，現在我的硬碟裡，有兩千多首我喜歡的歌陪我度過每一天。

籃球夢

文：藍色水銀

故夢重溫

1981 年暑假即將到來，國中一年級的我，首度在電視上看到籃球最高殿堂 NBA 的總冠軍賽，讓我印象深刻的有湖人隊的天勾賈霸、魔術強森以及 76 人隊的 J 博士，於是漸漸認識了更多的 NBA 球星，隔年的塞爾提克更讓我驚奇，原來白人也可以打很好，包含了大鳥博德、長臂人麥克海爾，還有一臉嚴肅的黑人，外號酋長的派瑞許。

但會對籃球產生極大的興趣，不是以上明星，而是身材壯碩的巴克利，他的外號有很多，其中「會飛的胖子」、「空中飛豬」對他的形容最為貼切，至於惡漢跟大嘴巴，則不在喜好的範圍，他有多會飛呢？身高僅 198 公分的他，除了菜鳥年，連續十五年都拿下場均十個以上的籃板球，這有多困難呢？這數據有多可怕呢？他是 NBA 籃板球總數排名第 22，是前三十名唯一身高不到兩公尺的，他的籃板數勝過大猩猩尤英，略多於七屆籃板王羅德曼，連主宰籃下的霸主歐尼爾，總籃板數也只略多於他不到五百個。

上了勤益工專，才開始練習籃球，跟班上幾個同學對打或同隊，一年下來基本動作扎實了不少，投籃也滿準的，但助攻才是強項，對手常以為我要投籃，球卻忽然傳出，由我的同學輕鬆上籃，當別人以為我要傳球，我卻急停跳投，或是假動作吸引包夾來個妙傳，退伍後，找不到等級相近的人當隊友，漸漸地少打了，2001 年在東海大學籃球場，我把籃球送給一個小朋友，高掛球鞋至今。

藍色水銀

大學夢

文：藍色水銀

四十歲的父親看著堂哥考上台大經濟系，也希望我跟弟弟能夠考上國立大學，希望有朝一日，能夠光宗耀祖，可惜我們兩兄弟雖然聰明，但調皮搗蛋，只愛玩，不愛唸書，玩電動、棒球、孔雀魚、音樂、自行車、滑板、乒乓球，就是不唸書，眼見我已經國中畢業，但我的大學之路，被硬生生地給特權搞掉了，坦白說，我到現在還無法釋懷。

高中聯考結束，我以一分之差，沒辦法進入衛道中學，但我知道，我的分數是被竄改的，我非常清楚，因為我寫完答案，檢查兩遍之後，會把分數算好，但我的國語被多扣了兩分，自然被多扣了四分，實際上，我應該是吊車尾上台中二中的，複檢之後，自然的分數還我了，但國文竟然又被多扣了五分，這讓我非常生氣，改考卷可以這麼隨便的嗎？如果是現在這種年代，非讓這事情上媒體，就算不能唸台中二中，也要把竄改成績的混蛋給揪出來。

但我的父親沒有幫我，勸我別追下去了，他知道，追下去會有人要坐牢的，但身為警察的他，怎可以如此鄉愿？我為此重考一年，結局相同，再度只差一分上衛道中學，這次我不複查了，我知道又被改了分數，再查還是一樣的結果，我哭著告訴母親，說不想唸高中了。相信類似的事件一再發生，否則後來又怎會改成電腦閱卷呢？面對惡勢力，我實在不敢相信父親的態度如此軟弱，親手毀了自己孩子的前途。

師傅夢

文：藍色水銀

高中被特權搞掉之後，五專聯考再度飲恨，以一分之差無法進入台中商專，帶著無奈的心情，我參加了高職聯考，這次，沒有人能夠阻止我了，在一萬八千多名考生中，我排名第 93，想唸什麼科系都可以，父親聽說唸機工科將來可以當黑手師傅，薪水很高，於是就以第一志願就讀。

兩個月後，我便不想唸下去，我知道自己不是這塊料，可惜重考之路再度受挫，只好在第二年乖乖回去唸機工科，由於心情大受影響，整個高職生涯過得非常抑鬱。暑假時，父親安排我到小工廠打工，沒想到出了意外，熱處理失敗的材料碎裂，在加工時差點要了我的命，我差點被捲進車床的旋轉夾頭，幸虧只是碎片插進中指，但又遇到庸醫，碎片在一個多月後才取出，所以中指有一道疤痕，到現在還在。

其實意外不止一次，一個同學調皮地把轉速拉到最高，幾百克的鐵塊直接飛出夾頭，跟我擦身而過，另一次是被直徑四公分的大鑽頭燙傷右臉，還有幾次是鐵屑從脖子掉進衣服裡，燙傷了我的胸部，這麼危險的行業，父親卻要我繼續努力，退伍後，應徵上市公司楊鐵錄取，不過我沒去上班，因為起薪是基本薪，這麼辛苦的差事，竟然只給基本薪，實在太欺負人了，而且還是上市公司，所以我決定不幹，選了稍微相關的行業，保齡球的機房，雖然也很吵，但至少薪水不錯，師傅也不會刁難徒弟。

明星夢

文：藍色水銀

退伍後，除了工作，我心中還是惦記著音樂，一心想朝著這方面走，但過程實在不順利，好不容易找到錄音室的工作，轉眼即成泡影，寄了許多首歌出去，也都石沉大海，就在此時，某大唱片公司邀我去台北面試，那封信卻被父親拆了，並告訴我，如果我選擇當明星，就要斷絕父子關係，我實在不懂，為什麼我不能選擇自己想走的路？就這樣，我再度與音樂這條路失之交臂。

不當明星，那當幕後製作人員可以嗎？答案是不行，我的電吉他被折斷了，電子琴被藏起來了，如果不找工作，一樣要斷絕父子關係，從那時起，父子關係已經名存實亡，兩人的關係早已達到冰點，累積了多年的怨氣，一股腦地爆發，我帶著身上僅有的一百元跟簡單的行李，離開了我的家，這一走，就是三年。

父親突然出現在我面前，說舊家賣掉了，搬到現在的地方，給了我地址跟電話，要我回家探望母親，但我沒有原諒父親，從高中聯考事件，到這次的唱片公司事件，我看到的是父親一心想要我當個平凡的工人，從不考慮我的感受，他不知道我差點死在工廠，他不清楚上市公司給的待遇，他不曉得只有音樂能給我快樂，當個幕後的音樂人，一樣可以很平凡，但連這條路也不給我走，終於，他還是把我推開了，這次，又過了好幾年，921 地震那天，我騎車回到家外面，見到房子沒倒便離去，父子倆的冷戰持續中。

餐飲店

文：藍色水銀

弟弟退伍之後，因為學歷低的關係，一直找不到工作，開了家庭會議之後，決定開一家餐飲店，至於開哪一類型的？遲遲沒有定案，於是開始市場調查，泡沫紅茶成本二百萬，咖啡廳也差不多，高檔簡餐三百萬，自助餐120萬，牛肉麵四十萬，快餐店五十萬，最後的決定是快餐店。

確定了要開快餐店，開始調查那些生意好的快餐店，幾乎都是以排骨飯、雞腿飯、爌肉飯為主力，搭配魚排、雞排、豬腳、牛肉，但豬腳比較麻煩，所以被我們刪除，後來增加了三杯雞，從每天賣一鍋飯不到，到每天六鍋飯還不夠，花了七個月，這期間，我每天遞出五張名片或優惠券，總共發出一千張名片，五千張宣傳單，終於讓生意完全穩定，每天營業額在17,000 元附近，每個月可以存到十二萬，不過，這是全家人總共的數字，非常辛苦。

利潤之所以不錯，是因為還有一台透明玻璃小冰箱，夏天每月可以增加兩萬元的利潤，冬天也還有三千左右，只要補貨即可，小兵立大功，一年幫我們多賺了十幾萬，後來因為父親中風，必須有一個人專職去照顧，幾個月下來，全家人都累壞了，加上房東看我們生意好，獅子大開口漲房租，附近又多了幾家競爭對手，媽媽決定放棄繼續，結束了將近四年的生意，或許存了不少錢，但大家都覺得太累了，誰也不想再經營餐飲店了。

國手夢

文：藍色水銀

故夢重溫

九十年代，有一種運動風靡全台灣，那就是保齡球，當時可說是全民運動，當時的台中縣市加起來，將近五十家球館，全台超過五百家球館，超過一萬條球道，打球的人多，高手也多，隨便一個選拔賽，都是高手如雲，想要入選國手，並不像現在這麼容易，只需要擊敗幾十人，而是要擊敗上千人，其中有一半都是狠角色，初賽打完，平均兩百分以上的選手占了六成，就算是當年在台灣排名一百的球員，都有拿到世界冠軍的實力。

當時謠傳奧運將保齡球列入表演賽，並在若干年後會成為正式項目，於是吸引了非常多人投入這項運動，一時之間，滿街的高手，數不盡的高手，如過江之鯽般出現，一場冠軍僅三千元的比賽，竟然吸引將近百人參加，大家都以賽代訓，於是在馬英傑之後，又出現楊振明、林漢城、曾素芬等人拿下大賽金牌，曾在同一道比賽的曾素芬，在 2002 年為愛自殺，讓無數球迷傷心與錯愕。

隨後因為球館的競爭力下降，奧運夢破碎，球館一間間收掉，最後全台只剩數十家，打球的人口也驟減，想要靠打球變國手的人也少了，上萬員工失業、轉業，上千高手失去舞台，彷彿這個運動不曾在台灣流行，或許年輕一輩有幾個高手，但已不若當年盛況，競爭也不像當年激烈，只要不失常，連續幾年都入選國手也不足為奇了，讓人有生不逢時的感覺。

猛男夢

文：藍色水銀

故夢重溫

年輕的時候，希望自己的肌肉能夠多長一些，看起來像是席維斯史特龍，或是阿諾史瓦辛格那樣，於是買了兩個啞鈴，就開始鍛鍊，幾個月過去，肌肉量沒有增加，只是力量變大了，當時的資訊不像現在這麼透明，於是找了附近的一家健身房，那裡全是猛男，還有健美先生，但我得到的答案讓我卻步。

於是就放棄了這個夢，而我的弟弟也想變成猛男，他接受了健身房的條件，高額的年費，每月五千的指導費，還有一些飲食的建議，結果讓人非常不高興，花了大把鈔票，我弟弟的手臂還是跟我的差不多粗，胸圍跟胸肌也是，教練的答案是蛋白質吃太少，飯吃太多，弟弟接受建議，改變飲食方式之後，還是沒什麼起色，於是我要他去我說的那家健身院問問。

沒想到他們又拿了一個全國冠軍，所以收費就更高了，連同營養費，每個月的費用大約是我父親當年四十天的薪水，弟弟聽了也是倒退三尺，直接打退堂鼓，現在的他，繳的是健身房的年費，偶爾去健身，流一些汗，但要變成猛男已是不可能，畢竟已經年近五十，而且也沒那麼多錢去吃那些增大肌肉的營養品，斷斷續續練習了二十多年，稍微偷懶幾個月後，腰圍就多了三吋，就跟一般的中年大叔差不多，加上頭髮已經開始掉，也開始變白，我弟弟這猛男夢也該醒醒了吧！

女神夢

文：藍色水銀

故夢重溫

許多男人心中都有至少一個女神，有的人會有很多個，但不論幾個，只要能遇上一個，哪怕只是曾經擁有，而不是天長地久也無所謂，但我沒有逆天的容顏與身材，也不是富可敵國的企業家，更沒有才華洋溢，女神又怎可能眷顧呢？所以在很年輕的時候就放棄了追求女神的夢想，就算是曾經說過，希望自己未來的老婆像關之琳般的美豔動人，但也只是說說罷了。

但偏偏有人覺得自己很特別，可以打動女神的心，結果當然是受傷慘重，女神是他的唯一，但他只是女神身邊眾多的小蒼蠅之一，拿起一張報紙就可以拍死他，這樣不對等的狀況，後果可想而知，掏心掏肺，沒用，傾家蕩產，沒用，鬧自殺，更沒用，女神冷冷地回他一句：慢走不送，徹底讓他死了心，其實女神也沒錯，一開始就拒絕他了，只不過他死纏爛打，最終惹惱了本來就沒空應付蒼蠅們的女神，乾脆就讓他受傷重一點。

受了重傷的他，十年過去，沒有交往任何女朋友，二十年過去，還是一樣，單身狗一隻，終於邁向五十歲，他恍然明白自己從前的眼光太高，但已經來不及，蹉跎了大半輩子，早已過了適婚年齡，現在的他，雖然還是會看看那些女神等級的女生，但已經沒了年輕時的衝勁，別說追求了，上去搭訕兩句都怕被說：「大叔，你有事嗎？」女神沒錯，錯在他太執著，不是嗎？

男神夢

文：藍色水銀

故夢重溫

有女神就會有男神，裝酷、穿著新潮、特別，什麼花招都有，但凡人就是凡人，不可能變成帥哥，不是嗎？但他不信，退伍後跑去割雙眼皮、隆鼻、健身，為了長肌肉，花光所有的收入也再所不惜，可惜走偏鋒，用了過多的類固醇，結果是肌肉長了，但副作用一個也沒少，掉髮、性功能障礙、心肌梗塞、動脈硬化，四十五歲就壽終正寢。

其實他曾經一度成為準男神，在健身房有幾個女粉絲，不過他看不上眼，加上性功能障礙，根本不敢讓這些粉絲知道，朋友勸他別再執著健身，把時間跟金錢省下來，好好追求或接受一個女粉絲，但他仍然勇往直前，隨著年齡越來越大，男神的封號離他越來越遠，女粉絲也沒有了，陪伴他的只剩下健身器材，還有競爭對手，一個比一個強壯的對手。

他是我弟弟的朋友，在健身房認識的，偶爾會一起喝茶，茶會排除身體的水分，所以他會喝茶來達到肌肉線條明顯，但偏鋒的事做太多了，總有一天會付出代價的，弟弟告訴我，他死的那天他們還一起健身，沒想到當晚就走了，帶著多少遺憾？還沒娶妻、生子、買房、買車，連個知心朋友都沒有，弟弟雖然跟他合拍，但也沒有太多時間可以更多交流，他的死，震驚了健身房，所有長期使用類固醇的人都心知肚明，正是類固醇害了他，也正在危害他們，只不過不願面對這可怕的問題。

傳銷致富

文：藍色水銀

不可否認，這世上有不少成功的傳銷體系，也有不少人從上面致富，但對大部分投入傳直銷的人，都是粉身碎骨的多，賺錢的人少，究竟為什麼會有這麼兩極的結果？

幾年前，我的前老闆搞了一間直銷公司的台中分部，剛開幕時氣勢驚人，非常多人來道賀，也很多人加入了，但不到兩個月就原形畢露，只剩十幾個人有在跑，他為了推廣，還支付了十個人生活費，每人每月三萬元，結果龐大的人事費及租金很快就壓垮了整個事業體。

其實產品本身很好，沒有問題，而訓練也沒有問題，大家都算專業，那麼那裡出了問題呢？答案是價格，類似作用的產品，也就是競爭對手的價格一字排開之後，這家公司的產品價格是最低價的五倍之多，價格最接近的那間公司，也只有四成左右，過高的價格，在資訊爆炸的年代是行不通的，這一局他輸得不冤枉，所有投入精力的人都輸了。

傳銷為了獎金制度，經常會墊高產品售價，但也有真正的直銷，我見過有公司真的弄了靈芝廠，自己種，也自己生產、包裝，並直送各國經銷處，這家直銷很聰明，獎金不高，他要的就是銷售者也是消費者，推廣的獎金真的低，可是憑藉著低廉的價格，卻有很高的品質，因此回購率很高，因此這家公司賺了錢，但銷售人員沒什麼利潤，不過他們也不會在乎，因為加入只是為了買到便宜的產品，不是賺錢。

炒樓致富

文：藍色水銀

故夢重溫

小張看到最近房地產很火，於是就把自己的百來萬存款拿來買房，但還差了八十萬才能湊足自備款，仲介告訴他這八十萬可以用信用貸款，反正很快就可以轉手，利息不用付很多期，但仲介的話能信嗎？答案是不行，至少小張遇到的就是惡劣的仲介。

小張買的大樓，全是投資客買的居多，入住的少，一棟大樓有十三戶在出售，客戶比價不說，仲介為了趕緊成交，慫恿其中一個投資客小賠出場，結果造成連鎖效應，其他十一人全都跟進，唯獨沒通知小張，原來小張的房子被拿來當比價樣本了，三年過去，小張撐不住了，每個月要繳三萬多元的房屋貸款，以及一萬多的信用貸款，結果房子被法拍，慘賠收場。

小黃遇到的更壞，他想舊屋換新屋，結果舊屋賣的價格非常低，低於周邊行情約一百萬，仲介的理由是房子舊了，但其實租金還不低，換算下來只有十幾年的租金，買的時候又被騙，高於行情二百萬，等於被剝了兩次皮。

不論是買賣股票還是房子，都要做足功課，不該聽信仲介的一面之詞，否則像小張跟小黃遇到的惡質仲介，被他們賣了還幫他們數鈔票，非常不值得，尤其像現在這種特殊時期，全球瘋狂印鈔票的後果，泡泡越吹越大，但泡泡總有一天會破，超過臨界值的時候，崩跌的速度會非常快，就算跌了五成也未必見底，小心賠到屍骨無存。

石頭

文：破風

故夢重溫

在都市計畫大幅展開之前，在年紀只有個位數的童年，地上偶爾會有小石頭，有的白，有的灰，也有花的，只要夠小我都會把它們撿起來，放到鐵製的餅乾盒內，成為我的收藏品。

如果有機會到海邊，偶爾會有一些彩石，它們也會立馬跑到我的手中，然後被塞進口袋裡面，不過我回家後才會拿出來觀賞，所以別人在玩水的時候，我的口袋已經又滿又重，下水就慘了，因此怎樣都不肯下水玩。

漸漸地，石頭越來越多，到最後鐵製的餅乾盒裝滿了，於是它們開始占領我的抽屜跟衣櫥，直到第二個鐵製的餅乾盒出現，石頭才又回到那裡面，無聊的時候拿出來觀賞，有時擺滿整張書桌，或是床上，不髒嗎？其實不會，拿回家後，我會用舊牙刷幫它們洗澡，等到乾了才會收藏起來，此時的石頭，其實是不會掉屑的。

青春期因為課業繁忙，所以兩個餅乾盒都已經塵封，上面一層厚厚的灰塵，在一次過年前的大掃除，那些灰塵才被擦去，那些石頭也重見天日，我挑了一堆顏色都接近灰色的，準備鋪在魚缸的底部，其餘的就全都回到餅乾盒中，後來發現魚缸這樣造景不夠喜歡，特地找了幾顆超過一公斤的石頭，讓景致特別一些，這樣我也可以天天欣賞它們，或許魚與熊掌無法兼得，但魚與石頭肯定可以放一起，這免費的收藏品，可以讓我靜下心來，也可以讓我非常專注。

空拍機

文：破風

故夢重溫

早期的電視、電影，如果要拍攝由上而下的畫面，不是選擇高處拍攝，就是使用直升機拍攝，耗時、費力、傷財，而且受到高度、地形、天候、預算的限制，所以有許多畫面是很難完成的。

但我還是覺得那些從空中拍攝的畫面很棒，不論是從飛機上、直昇機上，或是山上拍的，它們都讓人覺得自己很渺小，讓人覺得世界的遼闊，因此從小就希望有種小型飛行器，可以載著照相機、錄影機飛上天空，拍攝到自己心中理想的畫面。

隨著時代的進步，空拍機橫空出世，在不斷的改進之下，現在的空拍機已經十分普遍，一些入門的機型，甚至比一台最便宜的口袋機種都便宜，但也因此產生許多亂象，導致政府在空拍機的法令上，使用了大範圍限制飛行區域的做法，結果許多空地，人跡罕至的地方也被列為禁飛區，不像日本法規，是人口密集處才禁飛。

最近買了一台入門的機型，開始學著玩，我的感想是人多的地方千萬別玩，因為它還是隨時可能墜機，成為一顆小流星或隕石，砸到人或是車子，那後果可是很難估算的。在拍攝的成果上，還是令人非常滿意的，用不同的視角跟高度看世界，即使是完全沒感覺的公園，還是可能出現讓人驚奇的畫面，何況是本來就漂亮的地方，可能會出現更美的景色，空拍機開拓了我們的視野，也正在改變我們的思維。

相簿

文：破風

故夢重溫

大部分的人，都會有本相簿，有些人會有很多本，尤其是早期拍攝的照片，畢竟數位相機的流行，也只不過是近十年的事，那些超過十年的照片，多數還是以紙本的形式存在，當然有些人會把舊照片翻拍，讓它們數位化，這樣就可以在任何地方回憶那些時光。

翻拍的時候，其實還是有點小技巧的，例如邊緣不直、亮面相紙的反光、照片已經泛黃，該怎麼處理呢？基本上可以透過軟體去恢復從前的樣子，就算不是百分之百，七八成應該是沒問題，反光的部分，可以在陰天或是陽光不會直射的陰影下拍攝，都可以得到不錯的控制。

在編排上，我喜歡用時間順序法，從最早的開始排列，直到最近的，這樣它們就會在我腦海裡有最清晰的順序，也會比較容易想起當時的狀況，回憶對於人類來說，有些是痛苦的、不堪的，但照片通常是甜蜜、溫馨、感人的，那些曾有的時光，如果透過照片，多少能還原當時的情景，重拾當初的歡笑。

隨著時代進步，我已經習慣將相片上傳至雲端，當然電腦內也會保留，不過已經有許多人不用電腦，只用手機看照片，但也無妨，因為電腦或電視螢幕能夠呈現的，絕對比手機精彩，尤其是使用最新的 4K 或 8K 電視播放照片，我們會發現相簿或手機無法給我們的震撼，也更真實的還原的腦海中的記憶。

鬥魚

文：破風

決定要養魚後，興沖沖地跑到水族店，打算選購魚缸等器材，拿出計算機一算，超過預算太多，所以決定只買個小魚缸，不買濾材、過濾器、加溫器等等，所以只能養鬥魚了，這樣也好，可以省下許多電費。

因為預算的關係，我只有兩個選擇，豔紅色或深藍色的鬥魚，最後，選了深藍色的，另外還買了一瓶飼料，就這樣離開了水族館，原本希望養的是紅蓮燈，還有水草，但是水草需要打二氧化碳，需要買鋼瓶、二氧化碳擴散筒、基肥、液肥、錠肥，還須定時修剪，所以就完全放棄了原本的念頭。

回家之後，將魚缸放好，把自己收藏的石頭拿出來，鋪在底部，再將幾個較重的石頭放在上面，接著開始注水，老闆說最好讓水放一天，然後才放魚，因為是鬥魚，不用擔心它沒空氣，所以就照著老闆的建議，隔天才讓它進到新環境，一開始，它興奮地到處游，應該是觀察，不過第二天起就安靜多了，養了大約半年，它在某天夜裡死了。

撈起了它的屍體，用衛生紙包住，拿到垃圾桶裡，然後把魚缸裡的水抽乾，內心掙扎了幾天，決定再養一次，所以就先把水準備好，然後在兩天後去買魚，這次改成紅色的鬥魚，也買了幾顆螺，據說可以吃掉藻類，不過效果似乎不怎麼樣，老闆說我電燈開太久，一年半後，它也死了，從此就不再養魚，想看魚的時候，進水族店走走就好，不必煞費苦心。

模型飛機

文：破風

故夢重溫

小男生總有些相同的夢想，要嘛是很酷的玩具，不然就是汽車模型，或是一台漂亮的模型飛機，會喜歡上這台二戰時的飛機，完全是因為電影，裡面看到的樣子實在太迷人，擊落了敵機，並贏得勝利與榮耀。

存了快一年的零用錢，只為了將玩具店裡的它帶回家，讓它完完全全屬於我，從未有組合經驗的我，乖乖拿出說明書，照著步驟，一個零件接著一個零件的組起來，不知不覺中就過了兩個多小時，組合完成之後才發現，我少買了噴漆，因為沒有噴漆，就必須接受現在的顏色，醜醜的灰色。

所以它就用這樣的顏色陪著我幾個月，沒有錢也沒有噴漆的技術，所以放棄了為它上漆的想法，貼上貼紙之後，樣子雖不夠滿意，但也不錯了，因為任何事物的第一次總是生疏，總有讓人不滿意之處。

之後就沒有再購買飛機模型，除了經濟因素，沒地方擺放也是原因之一，家裡不大，能放藝術品的位置實在很有限，加上它很容易染上灰塵，幾個月就要清潔一次，最後只好把它收到鞋盒裡面，一年可能看不到兩次，漸漸地就被淡忘了，就像是所有被忘記的玩具一樣，等到被翻出來那天，可能就是要道別的時候了，不是被丟進垃圾桶，就是送給鄰家的小孩或是孤兒院，輕輕將它舉起，仔細端詳了一會，它被送給附近的一個男孩了，聽說玩了兩天，就壽終正寢，散落一地並無法修復，唉！難道這就是所有玩具的宿命。

水彩與蠟筆

文：破風

故夢重溫

很小的時候，就曾經拿起蠟筆隨意塗鴉，到底畫什麼？恐怕也沒幾人能看懂，就算上了小學，也只是有個形狀，大膽用色的同學，在頭髮、樹葉、樹幹等地方，使用了大量的蠟筆，這下我才明白，原來要塗厚一點，顏色才會達到想要的樣子。

開始用水彩畫畫的時候，其實也犯了類似的毛病，加了太多水，導致顏色太淡，只好加點黑水彩，就在實驗精神之中，我學到了一件事，別想太多，大膽的把顏色塗上去就是了，至於會有什麼結果？其實沒那麼重要，好看的，老師誇你兩句，不好看的，老師也只是告訴你繼續努力而已。

藝術其實可以有標準，也可以沒有標準，兩者之間的界線已經越來越模糊，在一些國際拍賣會上，或是一些區域型的拍賣會上，總有幾張沒人看得懂的作品，用天價賣出，天曉得他在畫什麼？就算藝術家現場說明了作品的創作歷程、靈感來源、內心想法，也不見得能夠真正看懂。

台中的國立美術館，偶爾會進去逛逛，有時真的完全看傻了，到底在畫些什麼？或是想表達什麼？但這就是藝術可貴的地方，藝術家的創意無限，看的人也可以發揮想像力，擴大解釋作品的內容，只要高興就好，不必在乎別人怎麼想，所謂的遠看成嶺側成峰，不正是這個意思嗎？而青菜蘿蔔，各有所好，每個人喜歡的都不同，否則怎會有十五個主要的藝術流派呢！

硯台

文：破風

破風

念書的時候，偶爾會被要求寫一點書法，於是就買了顏真卿跟柳公權的字帖來臨摹，除了字帖，還買了硯台、墨條、毛筆、宣紙，但為什麼會對硯台特別有印象呢？

那是一個偶然的機會，我進到了一個富家子弟朋友的家中，他的牆上掛了幾幅書法，字都非常漂亮，最讓人驚訝的是上面的落款，就是他的大名，經過詢問之下，才知道他酷愛書法，已經練習了數萬張宣紙之多，寫過的字已超過百萬，那些寫過的紙，就在儲藏室裡面擺著，難怪怎麼看都覺得是高手寫的。

他寫書法真的非常講究，四大名硯統統都有，端硯、歙硯、洮硯、澄泥硯都是造形獨特，風格優雅，難怪這位友人的談吐就像是個詩人般，而歷經如此大量的練習，他的個性也從小時候的急躁，變成非常有耐心，如此巨大的轉變，全因為愛上了書法。

或許我沒有辦法買這麼高級的硯台，只能擁有最便宜的學生用硯台，但磨了一年多以後，它已經是中間凹陷，並且面積越來越大，而練習的紙多半是鄰居不要的報紙，沒想到也讓我練出不錯的效果，現在的人雖然多半不寫字了，更別提用毛筆寫字，但收藏用的硯台可沒有被冷落，看了幾款漂亮的硯台，價格都落在六位數，讓人瞠目結舌，原來硯台已經從文具升級，正式成為藝術品，或是傳家寶來看待了，或許數百年之後，會晉升為古董也說不定的。

跳格子

文：破風

破
風

故夢重溫

在沒有錢買玩具的年代，在小朋友沒上幼稚園的時候，大人們都忙著工作，小孩都是任他們在附近玩，跳格子算是其中一種遊戲，只要撿起地上的石頭，便可以在水泥地或馬路上畫好幾個格子，又或者拿著樹枝在泥地上也可以畫，不論有多少人參加，都可以玩。

與其說這是遊戲，不如說這是小朋友運動的方式之一，蹦蹦跳跳之外，還隱藏著一個功能，小朋友的協調性跟彈性一覽無遺，也就是說小孩是否有運動天分，從這裡可以看出端倪，即使沒有，也不用難過，有運動天分的人本來就很少，算是萬中無一。

現在的小孩，有手機、平板、電腦、PS5、任天堂、各種玩具、電視節目、網路節目，他們還會對這種傳統的遊戲產生興趣嗎？其實這很難說，因為這種遊戲有著立即性的比較，笨拙的人可能被笑，但如果大家都很開心，說不定會要求再多玩幾次，直到膩了，才會想玩別的。

其實人都需要朋友，不分男女老少，小朋友如果有玩伴，玩什麼都可以很開心的，溜滑梯、盪鞦韆、堆沙堡、捉迷藏，只要有互動，其實都會看到燦爛的笑容掛在他們臉上，歡笑聲也會陣陣傳來，不一定要玩什麼！所以不必擔心他們不想玩，只要畫好格子，再告訴他們怎麼玩？自然就會有答案，重點在於傳承，還有親子關係，玩什麼？真的不會是重點，因為他們要的只是友情跟親情。

踢罐頭

文：破風

故夢重溫

周星馳的電影《少林足球》中有一幕是這樣的，一個鋁罐即將落地，周星馳一腳將之踢飛，另一主角吳孟達在後來發現鋁罐竟然飛得老遠，卡在紅磚牆上，之後的劇情也正式將兩人連結。

在物資缺乏的年代，在資源回收尚未普及的時候，很多人沒錢買玩具，於是被丟在路邊的罐頭也拿來玩，有模仿足球的射門，也有模仿籃球的投籃，也有踢來踢去，只為了好玩的，而我恰巧也玩過射門，挺有趣的，由於罐子是圓的，其實很難控制，常常有人罐子沒踢到，卻跌得人仰馬翻，鬧出不少笑話。

後來也曾經拿排球、網球、汽球等來踢，汽球的難度其實挺高的，太用力會破，太輕只會飄一下，沒什麼可以讓人興奮的，所以判斷力跟協調性都必須不錯，才能將汽球玩得好。罐頭因為是圓身，因此可以讓它用滾的，在斜坡上瞄準下方的目標，誰能讓罐頭撞到目標，誰就贏了，通常，我們會拿喝完的奶粉罐頭來玩這項遊戲，而可樂或是啤酒罐，則是拿來踢遠、踢準度，雖然鏗鏗鏘鏘地，但也可以讓一群小孩玩上一個下午，大家的感情也因此更加緊密。

但隨著資源回收的觀念越來越強，會流落街頭的罐頭越來越少了，也由於時代進步，玩具越來越便宜，花樣越來越多，這種遊戲恐怕也沒人玩了，如果玩，恐怕還會被笑說是怪胎呢！看著身旁的足球，想起的竟然是罐頭，真是讓人懷念啊！

拉單槓

文：破風

故夢重溫

多數的小學運動場邊都有單槓，小時候又瘦又沒力，根本拉不了幾下就沒力了，等到青春期後身體變壯了，卻發現體重也增加了不少，還是拉不動自己太多次，等到開始鍛鍊身體一陣子後，使盡吃奶的力氣，勉強可以拉個二十下，洗澡的時候發現細皮嫩肉的手已經破皮，整塊皮都掉下來了，痛了好幾天，皮要花十幾天才能長好，真是一次教訓啊！

這兩天在臉書上看到一段影片，有個健身很厲害的年輕人，單手就能把自己拉上去，而且還能做許多花式的動作，旁人都發出驚嘆的聲音，我自己也重播了三次，想想年輕時雖然也花了不少時間練，但也不可能到達這種神級的狀況，除了驚嘆之外，也提醒自己該動一動了。

好不容易找個假日到附近的公園，結果單槓拉上了警戒條，不可以拉單槓，那乾脆就繞公園走幾圈吧！太久沒運動，才走一會就流汗了，沒想到居然稍微的喘，真是出乎意料之外，最後只走了三圈就口乾舌燥，把一整瓶的水都喝光後，居然就完全不想動，這下糗了，本想讓自己滿頭大汗的，居然是這樣的結局收場，吹著微風又怕感冒，硬著頭皮又走了兩圈，然後就回家！結果回程時看到三個白髮蒼蒼的長輩，緊緊抓著單槓，雙腳離地，雖然沒有往上拉，但也非常不容易了，他們告訴我，這樣吊著是讓骨頭鬆開，是否有用就不知道了。

跳繩

文：破風

要找一種運動，不占空間，不必別人陪伴，只要一個小小的地方，那就非跳繩莫屬了，但跳繩也可以有人陪，可以玩花式，跳一個小時下來，可累人了，不只汗流浹背，兩隻腳已經不像自己的，下次要把跳的時間減半，不然會吃不消，幾天無法正常走路。

小時候還太矮，不能玩跳繩，只能被晾在一旁乾瞪眼，後來才知道那些大一點的鄰居們沒欺負我，太矮小的孩子很容易被繩子拌到，沒穿鞋的話被繩子打到會很痛，所以他們是為了小朋友著想，不是只顧著自己玩啊！

小學的時候，學校辦了跳繩比賽，有個人跳，但是注重團隊整齊的，也有難度較高的花式，我沒參加，只在旁邊加油吶喊，這是班上難得齊心要贏得名次的項目，不論是主角還是配角，都為了這次比賽盡心盡力，最後拿下第二名，因為第一名的技巧跟花式，已經到了出神入化的境界，我們跟他們比，只能算是入門，根本是不同等級的。

比賽結束後，我發現同學之間的感情變好了，連原本針鋒相對的都化敵為友，氣氛非常融洽，而本來就感情不錯的，就變得更有默契了，真沒想到，一條簡單的繩子，竟能起到這麼巨大的力量，將全班的心維繫在一起，難怪老師這麼注重這項運動，校長也非常注重，特別訂製了錦旗，表揚得到名次的班級，那亞軍的旗子，一直掛在教室後面的公布欄上，直到我們畢業。

放風箏

文：破風

故夢重溫

在風大的時候，找一塊空地，帶上自己做的風箏，跑個十步二十步，風箏就飛上天了，接著將手中的線慢慢轉動，讓風箏越飛越高，直到它只剩下一個小點，這是許多人小時候會做的事，但也有人怎樣也無法讓風箏上天，甚至讓風箏掛在樹上、電桿上，或是斷線，只能眼睜睜看著它越飄越遠，直到消失在視線裡。

假日的時候，台中都會公園的草地上，有風箏老手，也有剛學的小孩，老手放的風箏很大，是條大章魚，就算飛到半天高，也還可以看得到，另一個是高手，才幾秒鐘，就把一條蜈蚣風箏升上天，一旁的小朋友看得目瞪口呆，成了全場最吸睛的焦點，也激起了不少小朋友的玩興，才一會的功夫，天上已經有十幾個風箏，因為空間有限，如果不是老手就不適合再讓風箏升空，以免風箏線纏在一起，兩敗俱傷。

現在的社會，已經很少人自己做風箏了，我記得在我十歲的時候，只用了幾根竹子的細枝當成骨架，黏了一張報紙，還有塑膠袋當成旁邊的鬚鬚，拿了媽媽的一捲黑線，把風箏綁好，從學校操場這頭跑到另外一頭，竟然成功了，風箏越來越高，到最後都快看不到了，可惜的是當天沒有玩伴，沒人看到我放風箏，過了一會，覺得風越來越大，可能會斷線，於是慢慢收線，風箏完美的完成它第一次升空，也是唯一的一次，因為媽媽把線收回去，不准我再拿出去放風箏了。

溜滑梯

文：破風

故夢重溫

說到溜滑梯，肯定是大部分的人都玩過，有些人甚至還是兩三歲的小娃兒就開始玩了，有的小孩子很大膽，自己爬自己玩，有些則膽子很小，在最高點坐了好久還是不敢滑，有些滑梯是雙排的設計，一次同時有兩個小孩往下滑，歡笑聲跟尖叫聲都有，無憂無慮的童年指的就是這樣的狀態吧！

幾年前的一次沙雕展，會場旁就有一個充氣型的滑梯，因為軟軟的，很受小朋友的歡迎，看著他們爬上滑下地，空氣中瀰漫著歡笑聲，每張小臉上都掛著天真又燦爛的笑容，父母們多半是拿起相機猛拍，為自己的小孩記錄著童年，小孩開心，大人也是忙得不亦樂乎，接著是玩得全身髒兮兮的堆沙堡，回程的時候，小朋友都累到直接在車上睡著。

據說快樂的時候會讓腦內啡分泌，像溜滑梯這種遊戲，最能讓人笑了，因此玩了一小時後，不論大人小孩都足夠快樂了，而足夠的腦內啡，可以抗憂鬱、止痛、增加自信，因此我常常建議那些悶悶不樂的人，甚至有憂鬱症的人去玩玩溜滑梯，多玩幾趟，回家後就會發現整個人都變了，變得不再愁眉苦臉，不再事事悲觀，反倒是非常樂觀，這樣的轉變不用吃藥，只要爬上溜滑梯，毫不猶豫往下滑，然後再重複，直到累了為止，家中有人需要開心一下嗎？放下手機走到戶外，別在意自己的年齡跟形象，滑就對了。

撈小魚

文：破風

記得小時候的夜市裡，有一種特別的遊戲，是用一個小圈圈糊上一張紙，然後撈小魚，雖然很有趣，但撈的人幾乎都沒辦法撈起魚，甚至有人質疑老闆作弊，讓紙容易破，於是老闆親自示範，有時成功，有時也是會讓紙破掉，近年來已經很少這樣的遊戲了，一方面是資訊的發達，另一方面是有虐待動物之嫌，而且這麼多魚要載來載去，其實很麻煩，能賺錢嗎？或許餬口可以，但要更多其實不太可能。

後來父親受不了我的撒嬌攻勢，買了一隻小漁網，帶著一個水桶到一處小河邊，找了一攤淺水，讓我在那裡撈小魚，他則坐在旁邊乘涼，水雖然不深，但還是有一點點的危險性的，石頭上都是滑不溜丟的青苔，稍有不慎就會變成落水狗，我那狼狽的樣子至今都還記得，但至少我學到了教訓，至於撈到的幾條魚，因為沒有飼養設備，還是讓它們回家吧！

父親再三提醒，如果以後想要在小河撈魚，一定要注意天氣，夏天最好還是別冒險，即使天氣晴朗也要注意上游，只要看到烏雲，就應該立即離開，千萬別貪玩，以免山洪暴發難以脫身，甚至賠上一條命，這個法則其實也適用在玩水，被山洪沖走的事件一再發生，主因還是太過輕忽大自然的力量，太高估自己的警覺性和逃生的能力，溪水在暴漲之前，清透的水會變濁，緊接著只有十秒以內的逃生時間，只要猶豫片刻就會造成遺憾。

邊鞦韆

文：破風

故夢重溫

有一種可以讓人快樂的設施是盪鞦韆，坐在上面什麼都不想，只要雙手抓好，來回擺盪，一樣可以讓腦內啡分泌，這對於憂鬱有效之外，其實也對於睡眠有幫助，失眠的人，不妨順便曬曬太陽，在操場或是公園裡盡情地盪來盪去，有機會一次改善兩種症狀。

記得有幾個同學非常大膽，盪到快要可以轉一圈了，讓旁人為他們捏把冷汗，不過他們沒在怕的，甚至利用慣性，然後跳離鞦韆，看誰跳得遠，或許有些危險，但他們的協調性比一般人好，擔心都是多餘的，他們真的可以非常精準的跳開，而且安全的落地，就像貓咪一樣輕巧，讓人非常佩服，也有點小小的嫉妒，畢竟自己辦不到，除了那幾個同學之外，我再也沒看過其他人有這樣的玩法，真的是藝高人膽大啊！

我趁著小朋友上課的時間，到公園的鞦韆上盪了一會，兒時的感覺回來了，就像自己從未長大過一樣，還是那個五歲的小孩，什麼都不想，只是在那裡盪來盪去，雖然只是幾分鐘的時間，就覺得心情整個好起來，走路也輕盈了不少，不管你信或不信，不論你是否會再度坐在鞦韆上，我已經這麼做了，也得到印證，我想，以後如果遇到低潮，就會再試試溜滑梯或是盪鞦韆吧！這免費的「振奮劑」腦內啡，是人體自行合成的，不必花錢，但要花一點時間找到鞦韆，跟一些時間去盪一盪。

回家

文：765334

故夢重溫

最後一次見妳，妳已記不得我是誰。
只是微笑的看著我，像是在看陌生人。
在妳眼裡。
我看見孩童般的稚氣。
只能忍著眼淚，和妳道別。

曾經我怨恨老天爺，怎麼可以如此殘忍，一點一滴的拿走妳的記憶。
直到妳即將離去之際，我卻感謝老天爺。
妳因此，能夠了無牽掛的放下這一切。

拭去妳床板上的灰塵，卻揮不掉妳的笑臉。
躺在妳的木板床上，希望今夜，能與妳一起共枕眠。
大口大口的呼吸，冀望著，能找尋到，妳的味道。

妳已經，好久沒有回到這裡。
所以，妳最後的願望，就是回到這裡。

「回家」兩個字如此簡單，妳卻走了那麼多年。

寂靜的黑夜，聽著他們說話的微弱聲音。
我知道，他們正在討論著妳。
大家，都在討論著妳。

輾轉難眠，於是起身。
坐在妳的梳妝台前，模擬著妳的一切。
化妝鏡上，妳的日文名字。
輕聲的將它念出，就讓我淚流滿面。

妳是否。
已經跟著我們回家。
妳是否。
正站在不遠處微笑的看著我。
妳是否。
已經想起了我的名和姓。
妳是否。
有好多話想跟我說。

天已亮，離開這個充滿回憶的房間。
騎上妳的腳踏車，出去買早點。
清粥小菜，加上一杯熱牛奶，是妳的最愛。

回到妳的面前，淡黃色的日出，吹著輕輕柔柔的微風。
伴著我一起用餐。

加入他們討論妳的話題，聊得那樣開心。
我與他們之間的對話。
是說給他們聽。

其實。
也是在，說給妳聽。

電視劇

文：765334

故夢重溫

生於憂患，死於安樂。
太過於嚴謹。
只想學會。
隨遇而安。

成長的代價是，遇到感傷的事，傷痛會越加的刺痛。
或許是因為，人生的歷練，不斷的在添加。
人情冷暖，也能看得越來越加通透。

所以，慢慢地，築起了一面心牆。
開心或不開心，都變得處之淡然。

最終，能感受到傷痛的。
都是封鎖在心底。
最深刻的感觸。

二十幾歲時，紅色炸彈接不完。
三十幾歲時，彌月喜酒喝不完。
等到，即將邁入四字頭。
白色花圈，一個個，不停送出。

時間是很公平的。
它就像是一位，已經活了好幾千年的智者。
而我們，都位在同樣的平行線上。
任由這位智者。
帶著我們前進。

這段旅途中。
陸陸續續，會有新人加入。

相對的，也會有人離去。
生命這條線。
纖細到，幾乎都要看不見。
脆弱到，連摸都摸不到。

沒有人，可以逃離它的掌握。
我們都以一樣的速度、一樣的頻率。
緩緩的在老去。

總是要在面臨最苦痛的分離時。
才想起，過去種種的美好。

妳即將在我的旅途中，先行下車離開。
不想流淚，卻無法控制。
對我來說，這是一個結束。
對妳來說，卻是另一個新的開始。

妳將會去到哪裡。
無人知曉。
只希望妳，一切安好。
再無病痛、無牽無掛、無憂無慮。
然後，邁開輕盈的腳步。
去妳想去的地方。

與妳之間的回憶，持續湧現片段在我心中。
串聯起來，願它是一部，永遠都不會結束的電視劇。
因為，這些回憶，將會陪伴我。

度過想念妳的日日夜夜。

緬懷

文：765334

765334

故夢重溫

三合院，大祠堂。
豔陽下曬稻米，汗流浹背。
玩得不亦樂乎。

夏天午後，一支五塊錢的支仔冰。
是勞動後的犒賞。

大人們不喜歡做的事，我們卻做的心甘情願。
帶殼的稻米，在陽光下曬得發燙。
流下的汗珠，閃閃發亮。

趁著四下無人，在發燙的稻米上狂奔。
腳底板傳來的刺痛感。
讓我們止不住。
放肆的大笑。

廚房的煙囪，開始冒煙。
菜刀追趕砧板的急促，讓我們更加的飢腸轆轆。
讓我們終於肯進到屋內的，不是太陽的毒辣。
而是美味佳餚的香味四溢。

還沒開動之前，每個人都先喝了一大杯的黑松沙士。
緊接而來的此起彼落打嗝聲。
是我們最美妙的協奏曲。

不理會我們優美的合奏，妳直接就將碗筷就放到我們手上。
見獵心喜的我們，如獲至寶。
立刻，我們自動自發的排成一列士兵。

將碗筷，一個一個的接連傳遞。
從瓦斯爐頭，一直傳到那矮矮的餐桌。

開動之後，我們比的是狼吞虎嚥的速度。
因為，接下來還有好多，好玩的遊戲在等著。

那是，小時候的夏天。
那是，每年的小學暑假。

妳的身影，隨時都穿梭在我們之間。
讓我們凝聚在一起的，是妳。

好幾年來，大家各分東西。
再次將我們團圓在一起的，卻是妳的離去。

坐在沒有妳背影的廚房裡。
蜘蛛絲，肆無忌憚的爬滿我們曾經嬉戲的足跡。

對妳的想念，寄託在眼淚裡。
謝謝過去的那些回憶。
讓我還能，待在這裡。
靜靜地，緬懷妳。

人樣

文：765334

765334

故夢重溫

只有經歷過的人才會知道。
結束一段感情跟結束一段婚姻，完全截然不同。
失戀了，哭一哭，療療傷就好。
離婚了，就像是，失去了所有的自己。

想往前走，卻不知道方向在哪裡。
要往後退，卻找不到可以依靠的地方。
進退維谷。
能掌握的，只剩下自己這個軀體。

有那麼多的身不由己及言不由衷。
無法說。
也沒有人可以訴說。

深怕說出內心的那些恐懼，就會被他人給看個透底。
那太卑微、太可憐，也太可悲。
為了讓自己活得像個人樣。
那些在人前的虛偽假裝，都可以做得很好。
似乎談笑風生。
猶如看透人生。

在揮別婚姻之後，也終於找回了自己。
總算又能感覺到，那徐徐微風的爽朗吹拂。
每天，把時間排滿。
只為了，把失去的那八年給狠狠地補齊。
想玩的、想說的、想做的、想要的。
通通都要體驗一遍。
兩袖清風、無憂無慮，更加地無拘無束。

人樣

真的以為，那就是，把自己活得很好。

但是，卻在一個不經意的瞬間，看見了我們的過往。
一切，就這麼爆發了。

哭紅了雙眼，還是感覺不到自己的情緒。
撕吼了聲音，還是聽不見你對我的關心。
敲碎了理智，還是沒辦法放過自己。

在眼淚不停落下的時候。
我問自己。
是誰說。
一定要勇敢、一定要堅強。
勉強自己總是要微笑。
真的是太難、太難了。

這一刻。
好好地，想念過去。
慢慢地，記起曾經深愛的你。
緩緩地，品味那個愛著你的我。

灑脫

文：765334

故夢重溫

一場戀愛，談了九年。
攜手至今，也已經八年的光陰。
加起來，一共是十七年的歲月。

我們陪伴著彼此，從年輕到即將邁入中年。
歷經了許多的風風雨雨，也終於走到這裡。
回想當初，互訂終身的這個決定。
非常衝動。
也知道，一切都已經不能回頭。

年輕氣盛，就是有資格任性。
就是可以不顧一切的。
去追尋自己內心的聲音。

當時，處在時時刻刻都被情緒勒索的情境。
多麼希望，有人能幫助我，逃離那個環境。
悲觀的情緒，走在崩潰的邊緣。
一個不小心，就會墜落無底深淵。

當被情緒給困住的時候。
所有糟糕的負面念頭，通通會爬上腦海。
揮之不去。
不能擺脫。
那暗黑的恐懼。
吞噬了每一天的生活。

而被壓在心底的無聲吶喊。
令人無助到，連哭泣的力氣都沒有。

用力的想把自己給過好。
卻一次次的被打倒。

幸好，有你的一句：妳還有我啊！
那給了我，強大的力量，去面對所有一切。

你總說。
生活中的任何瑣碎小事，其實都是無止盡的循環罷了。
無論是再大再小的突發狀況，都很難去阻擋它的發生。
把自己給活好，才是重點。

這般的灑脫，令人景仰不已。

而你也真的實現諾言，陪著我，走過一關又一關的煎熬。
不論生活遇到什麼困境。
我們都會提醒彼此。
莫忘初衷。

今天。
九份的風，吹在臉上。
還是，跟十七年前一樣。

舒爽宜人。
跟你一樣。

南瓜米粉

文：765334

故夢重溫

春天。
小花園裡的花，爭相鬥艷。
和妳一起挖著土，蚯蚓們竄來竄去。

夏天。
蟲鳴鳥叫，頂著豔陽，摘著青芒果。
和妳一起並肩坐著，捧著一碗綠豆湯。

秋天。
門前黃葉滿滿，一腳踩碎，發出嘶嘶的聲響。
和妳一起在田邊的農舍忙著，東奔西跑。

冬天。
厚重的衣物，阻礙了所有動作。
和妳一起在廚房，聞著滿室的麻油香。

每個春夏秋冬，都排滿了固定的行程。
在每個季節的尾聲，就開始期待著，下個季節的開端。

喜歡和妳一起待在那充滿霉味的廚房。
圍繞在妳身邊打轉。
即便燈光昏暗，妳的笑容，依舊在我眼裡閃耀。
看著妳的一舉一動。
每樣調味、每個火候，都會搭配上我的一句：為什麼？

南瓜米粉

搬出小椅凳，妳讓我站得和妳一樣高。
一樣樣的向我解說。
每樣調味、每個火候，是為什麼。

柴火激動的劈哩啪啦跳躍著。
滾水喜悅的稀哩呼嚕舞動著。
剖開南瓜的爆裂聲，清脆的好悅耳。
沉浸在水裡的米粉，變胖的好真實。

那是每個周六傍晚，我最喜愛的娛樂。

妳為我精心製作的那一碗南瓜米粉。
每一口，融合在嘴裡，鹹鹹甜甜。
南瓜煮的鬆軟，一定要連皮一起吃掉。
每一條米粉，吸飽了湯汁，一樣鹹甜有味。
捧起碗，抬頭仰望。
喝完最後一口，鮮黃的湯。

望著我的滿足。
妳開心，我也好快樂。

站在小椅凳上，跟著妳一起洗碗。
滿手的泡沫。
有趣到不肯罷休。

期待每個晚上，都有妳，出現在我的夢裡頭。
陪我一起，回到小時候。

航行

文：765334

故夢重溫

忽冷忽熱的天氣，心情也隨之起起伏伏。

天氣好的時候。
晚上兩瓶冰得透底的啤酒，配上一部愛情喜劇。
一個人的開心。
很可以。

天氣差的時候。
搖晃著紅酒杯，跟著電影主角哭得傷心欲絕。
一個人的難過。
很孤寂。

哭哭笑笑。
笑笑哭哭。
一個人，盡情享受。

只想自由自在的徜徉在這樣的日子裡。
平靜無波。
隨心所欲。

再次回到，屬於自己一個人的日子。
好好地，擁抱自己、傾聽自己。
不需要再被誰的言語給綁架。
也不需要，再因為你的冷漠而委屈。

原以為，搭著這艘自己打造的小船，可以航行到心中的千里之外。
殊不知，她卻再次為我，帶來了狂風暴雨。

牢牢的掌著舵，卻發現。
自己就快要失控。

被她吹得搖搖欲墜的自己。
一樣等不到你這艘救生艇。
這一幕幕。
就跟當初，她踏入我們的生活時一樣。

孤軍奮戰那樣的乘風破浪，即便沒有遍體麟傷。
也已是狼狽不堪。
被迫勾起的回憶，有如黑夜裡的狂浪。
暗潮洶湧地將自己給捲入。
想逃。
卻只能在深不見底的暗黑大海中，無聲的舞動雙手。

我在海中，看著模糊不清的你站在岸邊，面無表情。
你在想些什麼？
你為什麼不肯出手相救？
你為什麼要如此冷漠？
站在你身旁的她。
詭異的冷笑，在我耳邊不停響起。

就在即將溺斃的那一刻。
用力地、深深地，大人吸了一口氣。

醒來。
在電視機吵鬧的客廳。
拭去臉上的海水。

終於能看清。
手機螢幕裡，你和她的開心歡笑。

尾牙

文：765334

765334

故夢重溫

歲末年終，開始盤點，今年的精彩萬分。

往年，每到這個時間點，就是要敲定大家的時間，舉辦尾牙。

而這個專屬於我們五個人的歡聚，每每總是聊到欲罷不能。

聚會結束後，伴著我們一起走的，是昏暗的夜色，是光明的月亮。

最終，搭公車的腳步停在公車站，搭捷運的讓手扶梯送下樓。

一整晚的歡笑，總結了一整年的辛勞。

今年，少了妳。

這個尾牙大會，要從何辦起。

身為主辦人，卻遲遲尚未詢問大家的時間。

而其他人，也沒有來追問聚會的地點。

似乎。

我們，都在逃避著。

或許。

我們，都不想面對，沒有妳笑聲的團圓。

想想去年。

當時的妳，病情趨緩，整個人生龍活虎。

我們去了站前新光三越旁的薩利亞。

那一晚。

我們點了三個比薩、兩個義大利麵、一個牛排，還有一個菠菜。
整桌子的菜，有如傳統合菜般的豐盛。

聽著妳淘淘不絕的說著，妳兄長辦公室的八卦。
我們在大快朵頤之中，笑得人仰馬翻。
不需要酒精，不需要吵鬧的音樂。
一場溫暖的聚會，就很令人心醉。

如果。
當時的我們知道。
那是最後一次與妳相聚。
是否，會有什麼不一樣。

就算不願去想起那一晚。
各種社群媒體跳出來的通知訊息，總是提醒著自己。
去年，那一晚的歡樂與溫馨。
咀嚼著過去的回憶。
總是讓我們，更加的想念妳。

想告訴妳。
我們都很好。
希望，妳也一切都好。

走過荒唐

文：765334

故夢重溫

自從有了導航，每到一個陌生的地點。
總是放心的把自己，交給耳朵裡的聲音指引方向。

機車騎著騎著，周圍的景象，熟悉又好陌生。
不知不覺，來到了。
曾經生活了將近十年的地方。

巷道、建築物沒有改變。
只是一樓的店面改變了許多。
停在那棟公寓樓下，抬起頭，看向二樓。
窗戶是開的。

那些年，是父母親關係最緊繃的好幾年。
每天放學回到家。
等待我的，不是熱騰騰的飯菜香，而是他們倆個吵架的聲音。

他們每次吵架的話題，不外乎金錢問題，以及父親在外的交友狀況。
一開始，會把自己關在房裡。
以為看不見，就可以不用受波及。
但每一回，在深夜裡收拾那一切凌亂的。
是我。
撕碎的照片、摔爛的水果、翻箱倒櫃的衣物。

後來，漸漸地。
開始討厭回家。

上學，跟同學混在一起，是我最快樂，也最放鬆的時候。
喜歡跟他們一起，跨越許多的束縛。
直到所謂的校外人士，加入了我的生活。
內心那一匹野馬，開始放縱。

學校寄來的曠課通知，總是在母親發現之前，被我給攔截。
當時的我，過著什麼樣的日子。
他們不曾過問，也從未了解。

跟同學、朋友們在一起的時候。
深深的感受到自己，被了解、被在乎、被保護。
因為，他們好多人。
跟我一樣。

那一段荒唐。
回想起來，不可思議。

人不輕狂是否真的枉少年。
似乎，也沒有個定論。
只是，曾經走過瘋狂。
才知道，能夠平靜又平淡的生活著。
是一件。
多麼幸福的事。

跨年夜

文：765334

故夢重溫

跨年夜，空氣裡，瀰漫著蠢蠢欲動的興奮。

街道、馬路、餐廳、商店。
滿滿的，都是人。

無所不在的，是倒數的時間。
每分每秒，都在提醒著每個人。
一年。
又即將過去。

這些充滿張力的喜悅，對我來說，都像是一幅，靜態的畫作。

七年前。
跨年的這一天。
正好是，外婆與我們永別的那一天。

十二月的南部豔陽，感受不到寒冷。
跟著傳統儀式，隨著指令。
子子孫孫，亦步亦趨。
深怕有任何一點疏漏，以致不圓滿。

緊繃的氣氛，卻滿溢著好多的哀傷。
多看一點照片裡的外婆，每一回，都是少看一眼。
麥克風一一唱名。
點到名的，趕緊往前爬行。

看著肩膀強烈起伏的母親，跪在最前頭。
想去安慰她，卻又不能輕舉妄動。

最終，一切圓滿。
十二月的豔陽天依舊。
但我們的生活，已不再相同。

自此之後，每年跨年夜的倒數聲。
總是讓我想起，那一天在火葬場，大家聲聲吼著。
「阿嬤！火來啊！緊造！」
聲音裡沒有哽咽，卻都是淚水。

每年跨年夜的擁擠人潮。
總是讓我想起，那幾天在殯儀館，人來人往的出殯隊伍。

每年跨年夜的吵雜聲響。
總是讓我想起，那些日子裡，每天師公的唸經聲。

不忍再去回想，卻不停地被迫想起。
那樣的心痛、那一種悲傷。
那無力回天的無助。

每一年、每一年、每一年。
無法享受一丁點的跨年喜悅。
取而代之的，是外婆那照片裡的笑臉。
一種苦痛的溫暖。

衝突又完美。

團圓飯

文：765334

故夢重溫

嫁做人婦之後，才知道，團圓的意義。

小時候，姑姑說她嫁人的第一個除夕夜，自己躲在房間偷偷地哭。
當時不懂為什麼，甚至覺得姑姑好戲劇化。
直到自己也成為了媳婦，才懂姑姑當時的感受。

猶記得，新婚的第一個除夕夜。
公公煮了一桌子的菜，餐桌上擠得水洩不通，非常豐盛。
只是，每一道菜餚的口味，都與我向來習慣的不同。
用力的強迫自己，至少把一碗飯給吃完。
之後，放下筷子。
再也無法多吃一口。

聽著我不懂的語言。
面對著好陌生的一群人。
坐著僵硬的木板椅子。
臉上硬擠出來的微笑。
所有的視覺、聽覺、嗅覺，通通都陌生的讓我害怕。

我的面前，架起了一道透明的牆。
他們的開心與歡樂，傳送不到我的心上。

團圓飯結束了。
深夜裡，饑餓感讓我根本無法入睡。

只好躡手躡腳的起身，小心翼翼地翻了翻廚房。
發現，一碗泡麵都沒有。
原來，食物都被搬到了麻將桌上。

落寞的躲回被窩。
心中有千言萬語的委屈，卻不知道跟誰傾訴。
打開手機，母親問候我有沒有吃飽的訊息。
讓我的眼淚，瞬間潰堤。

當下，終於能體會，姑姑的眼淚。
那種隻身一人的寂寞，即便身邊圍繞著眾人。
依舊是孤寂。

原來，所謂的團圓，並非團聚。
人數的多寡，沒有意義。
要能發自內心的笑開懷，才是歡喜。

想念，那真正的家人。
懷念，和他們一起的除夕夜。

相簿

文：765334

故夢重溫

外頭的雨，越下越大。
雨滴在那台黑色車子的表面，盡情地舞蹈著。
滴滴答答的急促聲，在上方的屋頂，放肆的撥放。

翻著那一本本的相簿，細數著過去，你帶我們去過的好多地方。
有露營、有野餐、有海外旅遊。
我們一起看山、望海。
那些笑容，那麼樣的歡樂，開心的氣氛，就停在那些年。

已經好久、好久，沒有見你那樣笑過。
已經好久、好久，沒有和你那樣的一起出遊。
已經好久、好久，沒有聽你談起生活。

小時候，總夢想著要長大。
長大之後，卻又變得複雜好多。
那些親戚、那些鄰居、那些朋友，那些好多的不相干人士。
每一個、每一個，都忍不住好奇，要窺探我們的生活。

我們之間的距離，開始變得越來越遠。
我們從前的關係，開始變得越來越模糊。
我們擁有的美好，開始變得越來越淡然。

最後，我們終於，對彼此，相敬如賓。

那種相處，不是家人，也不是朋友。
是一種，比陌生人再熟悉一點的親切。

你開始會不停抱怨。
我開始選擇不再傾聽。
那段日子裡，你就是我的佛地魔。

而現在，在我眼前，是我從未見過，年輕的你。
瀟灑帥氣，意氣風發不可一世。

我努力地要去尋找，那些我已經遺忘的好多過去。
竟然，在你身旁，我曾經笑得如此開心。
在熱淚盈眶中，你的身影開始晃動。
眼淚滴到了你的臉上，放大了你的五官。

怎麼樣都想不到，我會這麼樣的想念你。

愛妳

文：765334

故夢重溫

已經好久，沒有在夢中，與妳相會了。

於是，那天早晨。
帶著滿臉的淚痕，在濕冷又陰暗的天氣中醒來。
那是開心的淚水，也是傷心的淚珠。

躺在床上，努力地想平復心情。
卻不知道為什麼。
越是用力去阻止想念，卻越是不停地想起妳。

過往的那些快樂日子，好像昨日。
想起妳的可愛那瞬間，似乎，空氣裡都充滿了妳的味道。

酸楚的感受，從胸口，一路蔓延到鼻頭。
眼角的淚，就放任讓它流下。
閉上眼，想讓自己再度睡去。
只希望，能再次在夢中，看見妳。

但是，那股洶湧而來的想念，讓我無法入眠。
親愛的妳，現在過得好嗎？
親愛的妳，是不是也會想起我們？
親愛的妳，我們都好想妳。

夢中的妳，開心地奔馳。
像以前一樣，繞著我轉圈圈。

想跟妳說說話，卻發現自己發不出聲音。
只能不停地撫摸著，柔順捲曲又毛絨絨的妳。

好懷念，每天回到家，妳激動地狂奔而來的模樣。
好喜歡，傷心或快樂，妳總是陪伴在身邊的日子。
好想要，再帶著妳，到任何妳想去的地方。
公園、樓下庭院、小學的操場，都有妳放肆奔跑的蹤跡。

夢醒了，空氣的寂靜。
沒有一點聲響。

又回到了，這個早已經沒有妳的真實。
又想起，最後那幾年，被慢性病給折磨的妳。
安慰自己，離去，是妳最好的治癒方式。
馬上，難過的氛圍，轉為了一點點的欣慰。
愛妳。
永不改變。

塞車

文：765334

故夢重溫

「昨日的夢紛擾依舊，害怕承受太多的傷痛」
車裡的音響，傳出了楊乃文的歌聲。

「酒後的我有些寂寞，不知有誰真正在乎我」
眼前的雨刷，忙碌的工作著。

「台北夜色依然繽紛閃爍」
城市的燈光，被雨滴給模糊了。

原本因為下雨而塞車的煩躁，被楊乃文的歌聲給撫平了許多。
上一次聽這首歌，剛結束一段戀情。
那時的我，坐在副駕駛座，朋友載著我穿梭在大街小巷。
當時，只要談起你，我立刻就淚流滿面。

而現在，自己開著車。
卻在長長的塞車車陣中，想起了你。
然後，微笑。

想起，我們相識、相愛的過去。
想起，曾經深愛的那個你。
想起，你如何不顧一切地，為她而捨棄我。
想起，我是如何痛哭流涕的想挽回你。
更想起，你曾經回過頭來，找過我。

塞車

年輕時談的戀愛，總是轟轟烈烈。
很傷心、很痛心，卻也很美好。
因為，一切看似沒有邏輯也很荒謬。
一點點的小動作，都會讓人臉紅心跳。

那麼多年過去了，直到現在，才突然想知道，你過得好不好。
那是一種，對老朋友的關心。
也順便想告訴你，現在的我，日子過得不錯。

原來時間，真的會讓人成長。
經歷越來越多感情的磨練之後，嚐過的傷痛，都成了治癒自己的解藥。

如果有一天，我們再相逢。
我已經能夠，不計前嫌地微笑看著你。
從沒想過，自己的內心能變得如此強大。
或許是因為，現在的自己很好。
所以，也就能夠釋懷過去你的荒唐。

接駁站

文：765334

765334

故夢重溫

最近，來了一位新同事。
在聊天之中，得知她的通勤路線，竟然是新竹到台北。
驚訝之餘，也勾起了對妳的思念。

新竹高鐵站。
是想起妳的關鍵字。

好幾年前，當我們還在前單位共事時，不論遇到任何節日，還是都得輪班。
而台灣人的最大節日，就是春節。

每當春節車票開搶前，我們會一起計畫搭乘的班次。
開搶當天，就交給沒有上班的那一位去搶票。

我們會搭同一班車。
如果是南下，妳會在新竹先下車。
如果是北上，我會在新竹迎接妳上車。
不論是南下或北上，我們兩個，會在接駁車搭乘處碰頭。
然後，一路聊個不停地直到目的地。

那是一段上班前，或是下班後的放鬆時光。
我們聊天的內容，其實很無趣。
多半是聊美劇、日劇，或是過年期間發生的生活小事。
如此日常的工作生活，現在想來，格外地想去珍惜。

每當想起妳，總是告訴自己，妳只是移民到妳最愛的日本。
或許，在好多年後，妳會回來探望我們。
或許，妳再也不會回來。
無論是哪一種想法，都不願去認定，我們再也不會相見的事實。

聽說，靈魂是永恆的。
肉體只是一個暫時歇息的住所。
那麼，如果在很久的將來，我們的靈魂相遇了。
是否，妳會記得我。
而我，是否也會認出妳。

不論那一天還要多久。
我都期待著，與妳相逢。
跟以前一樣，我會在高鐵的接駁站等妳。

突擊

文：宛若花開

是，我出軌了，我在精神上想著他人，抱怨著你的不是，我自以為是地將其所有對話鎖在資料夾內，我就會好起來，我們也可以跟之前一樣地過日子。卻從未曾發現你早已發現我的異常，也在忍受我的冷淡，默默地等著我會再回來。

在整理完那段關係後的兩三個月，你向我攤牌，說你無法再忍受這樣的日子，希望我可以放手讓你走。我頓時懵了，以為我的偽裝可以讓我們相安無事，卻不解為何成了你離開的理由？

我哭求著你別讓我放手，哀求著再給我一次機會，你收起眼淚，斬釘截鐵地拒絕了我。我被這突擊的手足無措，頓時不知道自己為何會走到這一步？我開始回想每個時間點、每個環節，是否在哪一步就做錯？是否在哪一步就被發現？

打開資料夾，回顧每一則對話，原來看似正常的對話，其實每一步都是哀求，只是那時的自己，未曾發現一端一倪，也未曾想過原來你那時的壓力來源是自己。

我們關係中的角色就像互換了一般，你如同女人心一樣細，我如同男人心一樣粗。而這次的突擊，讓我不得不開始學習如何認真當一個女人，學著如何察言觀色，學著如何敏銳。因為我的大樹已經背離我，他移走了他的葉，移走了他的樹蔭，任我風吹雨打。即便我已經在一旁淋濕了全身，你也不再過來為我擋風遮雨，只是默默地顫在原地……

遇刺

文：宛若花開

故夢重溫

滿身的荊棘，不讓人輕易靠近，我知道這是你的保護色，這是你一貫對外的手段，這次卻是用在我身上。你不再讓我碰觸身體任何一處，我沒有機會再像從前那樣擁抱著你，但我寧願被你刺得全身是血，也要再次擁抱你！因為你的心，是柔軟的，也是在你脫掉那身荊棘後，讓我看到你唯一最脆弱的一處……

只是，你的心早已封鎖，外頭的荊棘也是層層包圍，即便我已經被你刺得滿身是血，你依然淡定地看著這一切發生。有時，突然覺得你好陌生，陌生得好像我們過去這幾年的相處都是假象。我試圖讓彼此再次經歷過去美好的回憶，但你的冷言冷語，加上你的冷暴力，都是我們滯留不前的始作俑者。

無時無刻地釋出我的善意，得到的卻都只是已讀不回，我試圖說服自己不要太在意，你只是需要一點空間與時間。我深信我退，你就會進，我繼續往後退，你就會大步往我的方向邁進。可是，我錯了，我錯的徹底，我也輸的徹底。

原來你是鐵了心、長了刺，把自己所有的路都封死，當我往前想把你設下的荊棘都拔除，你只是背對著我，關上那道心門，任由荊棘亂竄，繼續將自己封閉在你的黑暗角落……

懸念

文：宛若花開

一念之間，僅是那次錯誤開始的一念之間，我知道，這些都是錯誤的開始，我們的關係再也沒有轉圜機會。但我仍抱持一線生機，不想斷開對你的懸念。開始找尋各種儀式，也借助各種神力，只求一件事，懇求你可以回到我身邊，讓我們再次回到從前，重拾那遺失的美好。

我多麼希望我有一台時光機，可以回到那時過去的自己，警惕自己的一念之間，別再選錯了邊。但終究只是想想，想著你現在又開著車奔馳在哪條路上，想著你又在辦公室加班加到天荒地老，想著你半夜三更才開啟家裡那道門鎖，想著、想著，全都是你，心裡懸著、掛著，也都是你。

你牽動著我所有生活，我無法一個人吃飯，無法一個人看電影，無法一個人洗車，更無法一個人在偌大的房子裡，空等著你回不來的心。有時候，我氣憤你的狠毒，讓我進也不是，退也不對，我揍打著你的枕頭、飆罵著你的衣物，藉此讓我好好洩憤一番。

但打完、罵完的那一瞬間，我的眼淚只是不停流下，抱著他們，聞著你熟悉的味道，想像你還在我身邊，胸口是暖暖的、觸感是柔柔的。曾經是那樣呵護著我，不讓我有任何心煩意亂，而現在只是鄙棄著我，讓我自生自滅……

折騰

文：宛若花開

故夢重溫

我在你設下的圈套深淵中，載浮載沉，但，我甘願。因為這是我的報應，這是我應得的，而且我依然深愛著你。在這個圈套中，你一步步地逼近，讓我無從脫身，背負著愧疚感與罪惡感，每天面對的是偌大的冷暴力暴風圈，一點一滴地將我靈魂吞噬殆盡。

與熟人的外遇蹤跡，無論是逛街路線、親送早餐、晚上熱線，都淩遲的恰到好處。我無法發聲，我沒有身分為自己發聲，我只能忿忿地悶著氣，抖著雙手看著你的 3C 產品跳出的熱戀訊息。每當跳出一個訊息提示，就如同一個撞鐘的大槌敲打著我的腦、撞擊著我的心，我無法忽略，無法忽視這個血淋淋的事實竟然出現在我眼前。

而你依然故我，仍然順著自己的心意做所有的安排，並且樂見我的失落與落寞。我就像一隻流浪狗，乞求你的一瞥，一瞥就好，卻換得你的怒氣。我一退再退，退到了最冰點，我們倆早已相見如冰。這個眼神中的溫度，你從未給過我，我開始懷念起你身上的香味，我們多久已經沒有擁抱彼此？

我開始瘋狂尋找，找尋追回你心的各種方法，只要聽說有效，即便距離多遠，即便要犧牲我的任何一部分，我都願意一試再試！只可惜，你身上的溫度不再專屬於我，我得到的是零下 105 度。每天等著我的是，你在上方拉著綿繩牽動著我身上每個思念你的點。

輪迴

文：宛若花開

故夢重溫

望著一暗一亮的天花板，我望著身旁空蕩的床位，細數著你是第幾夜開始半夜才回家。甚至已經等到過了十二點，仍未聽到你的開門聲。一道道冷空氣席捲而來，連同狗狗都感受到這低靡的冷氣壓，在我們家四處竄逃。輾轉好幾回，我開始半睡半醒，腦袋很清醒地等著你，眼皮與身體卻很疲憊地希望可以盡快進入睡眠。就這樣來回好幾次，我在不同的凌晨時分不斷地起身看著時針與分針，甚至倒數過秒針幾圈後，你就會開啟家裡的那道門。只可惜，這個期望總未實現，我只是一直重複做這些事情，一個人，沒有你……

我還是習慣性看著你的 APP 連動，猜測著你不同的距離，又到了哪裡？可能在台灣的北端，又或是在台灣的南端，副駕駛座裡又坐著誰？不禁又試圖找尋網路上各種蛛絲馬跡，驗證自己的第六感到底準不準？你跟那個她現在又去哪裡玩耍？又去哪裡吃飯？又去哪裡逛街？是不是到過我跟你去的地方？腦袋裡總是出現千千萬萬種可能性與問號，很想找出所有的答案，卻又害怕自己找出來之後會不會就徹底瓦解？

我怕我們的關係會瓦解，我怕我們婚姻會瓦解，我怕……我自己會瓦解……每當我努力跨出那一步，想要把這段婚姻結束掉，想要讓自己好過一點，卻還是輸給了那點不甘心，還有愛著你的心。我不希望就這樣輸掉我自己，只好在這樣的惡性循環下，來來回回，不斷輪迴……

再一次騙局

文：宛若花開

是的，又是一次騙局，而我——又再一次上當。看似無風無浪的日常，卻不知早已在底下波濤洶湧。我毫無戒心地幫你打理著所有一切，你也若無其事地在凌晨躺在我身邊。

偶爾，我們會在早晨賴在床上，我會靠過去依偎在你身邊，你也沒有任何拒絕，只是任由我依著、靠著，感受兩人的「美好時光」。我依戀著你的味道，就像我的鎮定劑一樣，有著撫慰心靈的神奇魔力。

我不禁抬頭，望向你，看著熟悉的你那張側臉，還是覺得好安心！這一切來的正是時候，我迎接著我們的二次未來，深信著這個未來會有別於以往，畢竟經歷過這些大風大浪，我們不再是過去不成熟的自己，這次我們是一同挺過，一起邁向新的未來。

看著經常半夜回來的你，不禁擔心你的身體，即便是經常已讀我訊息，我還是堅持著繼續傳送著關心的訊息，希望可以照顧好你的身體。不然，我們好不容易挺過的這些苦日子，怎麼有辦法繼續長久地走下去到我們期盼的未來？

而這個未來，終究只是我自己在期盼罷了。你在每日每夜的加班，原來只是假象，只不過是你找下一位的障眼法，而我只不過是你暫時的家務清潔人員和家人陪伴員，讓你有個好藉口可以脫身，盡情在外享受你所謂的「自由戀愛」，而我成了禁錮你的兇手。

假象奇蹟

文：宛若花開

自始至終，我一直重複問你一樣的問題：「我們還可以當朋友嗎？我們還有機會嗎？」

你只是停頓幾秒，似乎若有所思，接著回我：「我再試試。」

我深信了你的一句：「再試試」，我希望我們還能再給彼此一次機會，因為我是真的很喜歡、很喜歡你，我可以既往不咎你的出軌，我可以略過你對我說過各種惡毒的話語，我可以拋下我的自尊，只想和你在一起。

這個小小的請求，就像被關在裝滿吸音牆的的房間內，每次只要一說出口，就會馬上被消音，怎麼傳也傳不出去。我試著改變自己，改變像是你口中的那個人，也努力讓你看見我的改變！而你的一句「再試試」，也讓我重燃希望，認為這是奇蹟的降臨，我們「還有機會」！

我「放心」地將這句話放在心裡，放心地開始過著我們曾過的日常，我心中竊喜著終於回到過去的樣貌，擔心受怕的日子終於雨過天晴，不用再經歷那段恐怖的日日夜夜。

卻在某天的午後，你又再度「啟程」，APP 顯示一個我們從未去過的路線，我又想起過往的你，每每遠行都會帶上我。我安慰自己，你只是為了工作，為了五斗米折腰而前往。只要我乖乖待在家裡等著，他就會回頭來找我，跟我說：「沒事，我在。」

但這個奇蹟，什麼時候會發生？還是一切只是個假象？

打包

文：宛若花開

我躺在床上輾轉許久，還是不敢相信我們的分離，這麼簡單、這麼乾脆，又這麼地徹底。我睡了又醒，醒了又睡，也開始一點一點地打包著我的行李，以及我們的過去。我們現在會相遇的時間點，只有在爭執著我要帶走我買的東西，以及你買、你想留下的東西。剩下的，都只是我帶不走的……

我可以帶走的，只是外在的電器、衣物、書籍等；你擔心的，只是你曾經買給我的東西，我是否有偷偷帶走。我不知道這是不是所有伴侶都會經歷的階段，只是，我無法接受，也無法適應，甚至懷疑這只是一場噩夢，當我夢醒了，我們兩人就會一切回歸到原點……

朋友安慰我，這是必經的過程，當你走到這個階段，你會有種掏空的感覺，或許你曾有過憤怒，曾有過傷心，但這時候，都只剩下掏空和捨不得。但是，再怎麼地捨不得，終究也是要捨得，唯有如此，你才能完全放下，才能從這段感情獲得自由。

當我整理完一箱一箱的行李，打包好一袋一袋的日常用品，看著這些曾經不分你我的家，現在卻如同楚河漢界，分的一清二楚。心裡想著：再過不久，我就會和這個家說再見，也是跟你說再見，更是跟過去的自己說再見……

噩夢初醒

文：宛若花開

宛若花開

故夢重溫

手機鈴聲響的又急又狠，一個從未見過的市區號碼，突然出現在我的手機螢幕上，我隨手接起，還在嘀咕著是哪裡的電話，剎那間一個怒吼，把我直接震醒。我懷著忐忑的心到了警局，看著一個個瞪大雙眼的警察們，我完全不知道來龍去脈，也莫名其妙地聽著他們說著莫須有的罪名。這時，我才知道，原來你早早就計畫好這一切，只是等時間到了，再來宣判我的罪刑，然後就可以順理成章地跟她在一起了……

還記得那天，我問起你還能不能再給我一次機會？你淡淡地說，我會再努力看看，那時，我沒有注意你避開我的眼光，我只是安心地躺在你的胸口，安穩地聽著你心跳的起伏，跟著你再次沉沉睡去。而這一睡，就過了好幾個月，我都一直沉浸在這令人安心的心跳聲中，毫無防備地在這個你設好的劇情內。而你，早已深謀多慮，想著要怎麼趕走我，並黯然無聲地脫產全部有價值的事物，只怕我在事後跟你討任何一點錢。

這通警局電話，就如敲醒噩夢的一把重重的鑼，敲的是又急又響，環繞整個腦海三天不絕於耳，這次，我真的醒了，醒得很徹底，就只差你在律師面前宣讀我們的分離宣言……

遊樂園

文：宛若花開

故夢重溫

離開各種「不能做」的枷鎖後，我進入了一個完全失控的狀態。剪去了一頭長髮，穿回自己的風格，每天都有不同的驚嚇與驚喜等著我。一天 24 小時就像雲霄飛車，飛速地從我身邊流失，快的讓我張不開眼，甚至都來不及反應為什麼我會做這些事情。似乎這樣對自己是好的，也順便把不開心和煩惱沖銷，讓自己忙一些，也就沒時間去眷戀過去。

但是，不自覺跟人的關係就開始有些像是碰碰車，擦撞的點就越來越多，不知道原本的自己怎麼了？甚至開始討厭這樣的自己，還在迷茫著走走停停，想著什麼是真實的自己？而那真實的自己，真的是開心的嗎？如果做自己不開心，那是不是過去的自己比較好？我就像旋轉咖啡杯，一直在原地轉個不停，找不到自己的定位……

在搖擺不定的海盜船上，我一直在現在和過去兩方擺動著，盪著、擺著，有時擺動大，我把所有人都隔在外頭；有時擺動小，感覺可以去試著認識其他人。有時想著，什麼時候可以停下來？總是一個未知數空在那裡。

有時，就想著走一步、算一步，就像搭著遊園車一樣，先繞著、繞著，或許在某一站，看到好玩的遊樂設施，遇到好的玩伴，或許就可以下車去體驗看看。

說再見是一種禮貌？

文：宛若花開

人與人之間的關係一旦消失，是否還要再基於禮貌說聲再見？實在困擾我許久。我們並非好聚好散，也不至於需要再跟對方說出「再見」一詞。我們成了社群軟體上的「朋友」，一個只會互相瀏覽對方動態的「朋友」。看著你跟她越來越多張照片，相對於過去我們的照片卻是少之又少……

我氣憤的是你的不誠實，從不跟我說心底話，卻跟她敞開心胸；我傷心的是你的絕情，換來我十年的清醒。看著過去你我的照片，就像是一場戲，我們這齣戲演完了，也就各自散了，沒有人想再回頭，也沒有人想繼續陪笑。

我，決定不再跟你說再見，因為我不想跟你再見面，我也不必再守著你的任何枷鎖，在此，我就地放下，放下我對你的依戀，放下對你的牽絆。如果真的要說再見，我只想跟過去的我好好告別，告訴過去的自己，我們都曾傻過，都曾放不下過。但是，過去就讓它過去吧！現在的自己過得很好，至少現在是為自己而活，為自己而過。

可能在說再見的這條路上，會折折返返、來來回回，可是，我的身旁有著妳們，我並不害怕，也不需要退縮，更不需要因為禮貌去跟你說聲再見。

討回

文：宛若花開

做的坦蕩蕩，說的多自然，搭完遊樂園的雲霄飛車後，失落感卻慢慢從腳邊爬上我的心房。即便我想要好好地跟過去告別，但是心中有時就會有莫名的憤怒，想要討回我的青春，想要討回我的時間，想要討回我曾擁有的一切，卻是那麼地難，那麼地殘忍。我只能把現實中有價值的物品討回來，來填補我那點憤憤不平的儀式感。

矛盾的我，有時覺得自己怎麼這麼無理取鬧？我的高度在哪裡？我的氣度在哪裡？又何必跟他們那種人一般見識？因果輪迴終究會回到自己身上，只能這樣安慰著自己，不要再跟他有任何交集，日子或許會比較好過些。畢竟，能討回的東西，已寥寥無幾，只有在朋友的口中，爭一口氣，占一個位，至少討回了一個人的尊嚴，不會再受到他的踐踏。

揮別過去怯懦的自己，我似乎慢慢走上了這條「不歸路」，大家都說別再回頭看，繼續向前走就好！但是，如果沒有這些過去的種種堆砌出這條「不歸路」，我也就沒有辦法從他的身邊討回我自己，討回我應得的自由。即使很傷、很痛，我還是走走停停，不時地回頭看，希望有一天，我可以笑著跟過去的自己說聲「再見」……

有效期限

文：宛若花開

故夢重溫

這世界上的物品，幾乎都有著自己的有效期限，而人跟人之間的情感，似乎也有著有效期限，只是這期限到底有多長？沒有人知道。我也從未想過，原來我跟他的感情和婚姻，也在不知不覺中印上了有效期限。原本應該是如同廣告語說的：「如果要問我愛情的期限有多長？我的回答是一輩子……」這樣的浪漫結尾才對，我卻加速了他，從一輩子縮短成幾年，甚至是幾個月，我們就這樣分成獨立的兩個個體。

偶爾，共同朋友打卡跳出有你的照片，我的心裡暗自忖度著，原來在我離開你之後，你的容貌早已過了有效期限，已經不再是過去相伴在身旁的那個模樣，你開始變禿、變胖又變出不少皺紋。我不禁懷疑，幾個月的變化，究竟有多大？可以讓原本年輕俊美的你，成了一個中年大叔模樣？

甚至我也懷疑自己，為什麼這麼多年的變化，你依然在我心中是那樣的俊俏，難道是被愛蒙蔽了自己的雙眼？還是我只是將你設定在我心裡的人設？好比遊戲角色一樣，任我調整表情，任我換上各種道具服，任我掛上所有道具。但，現在已經不重要，因為我相信相由心生，你只是選擇了一個不該屬於你的外表，卻還怡然自得……

人生，是一連串的錯誤

文：宛若花開

在我的人生裡，到底有哪些是對的事情？好像從遇上你的那一刻，就是不斷錯誤的開始：不該跟你相遇、不該跟你交往，甚至不該相信你曾經是我的唯一，好多的不該，造就成今天的自己。如果少了這些不該，我的人生會比較快樂嗎？其實，我也無法給出個正確答案，目前，我只知道自己試著做回我自己，不再是那個百依百順的妻子，也不再是那個把自己縮在牆角的淚人兒。

既然已經踏錯了第一步，就繼續錯下去吧，反正人生能對的機率幾乎少之又少，我們只是一直在錯誤中學習，即便交出了人生的一百分，又有誰會讚美我們？又有誰會給我們獎勵呢？輸與贏皆在於自己，也只有自己會去承擔這些是好是壞的結果。

而這結果就好像是既定的劇本，每個人都會照個自己的人生劇本走下去，即便知道是錯的，即便知道會受傷，但我們就向飛蛾撲火般一直衝撞下去，錯得離譜、錯的徹底，然後我們會自嘲地說：「人生，不就是一連串的錯誤？」只是早發現或是晚發現而已，發現得早，我們可以及時停損；發現得晚，就安慰自己至少還活著，只是看錯了人，不就是再一個重新開始的機會罷了……

背道而馳

文：宛若花開

宛若花開

你們裝作若無事地在公開平台上傳著有我的照片，繼續在通訊軟體「提醒」著我還有東西未帶走，低聲下氣的口吻，跟過去頤指氣昂的嘴臉，除了天壤之別，剩下的只是不勝唏噓。你們未曾想過，我是怎麼抖著我的雙手再次進到你們所謂的那個「家」，那座你們曾經打造給我、催眠著我的夢幻城堡，卻是我這輩子的煉獄。

即便再幾百個不願意，我終究還是再次踏入，把所有可以跟你們有任何接觸的機會，切割地一乾二淨。丟上所有的「行李」之後，我急踩著油門，只希望盡快跟你們背道而馳，不要再有任何交集，也不要再來傷害我。

我看著後照鏡中那個漸漸縮小的建築物，原本顫抖的雙手，逐漸恢復平靜，而心中那份不安的騷動，也終於獲得喘息的空間。背道在這條路上，我終於扎扎實實地踏上自己的路，馳騁在屬於我自己的未來藍圖中。或許這條路不一定是最好的路，但是至少所有的一切，都是我自己親自下每個決定，沒有人再干涉我，也沒有人會再阻撓我。

我壓下車窗按鈕，讓外面流動的風稍微吹著，感受著許久未聞的自由，這一刻，我真的自由了！我實實在在地握著屬於我自己的方向盤，朝著我心中的生活前進！

國家圖書館出版品預行編目資料

故夢重溫／藍色水銀、破風、765334、宛若花開 合著
—初版—
臺中市：天空數位圖書 2022.04
面：14.8*21 公分
ISBN：978-986-5575-97-7（平裝）

863.55 111006483

書　　名：故夢重溫
發 行 人：蔡輝振
出 版 者：天空數位圖書有限公司
作　　者：藍色水銀、破風、765334、宛若花開
編　　審：亦臻有限公司
製作公司：北極星有限公司
美工設計：設計組
版面編輯：採編組
出版日期：2022 年 4 月（初版）
銀行名稱：合作金庫銀行南台中分行
銀行帳戶：天空數位圖書有限公司
銀行帳號：006—1070717811498
郵政帳戶：天空數位圖書有限公司
劃撥帳號：22670142
定　　價：新台幣 310 元整
電子書發明專利第 I 306564 號
※如有缺頁、破損等請寄回更換

服務項目：個人著作、學位論文、學報期刊等出版印刷及DVD製作
影片拍攝、網站建置與代管、系統資料庫設計、個人企業形象包裝與行銷
影音教學與技能檢定系統建置、多媒體設計、電子書製作及客製化等
TEL ：(04)22623893 MOB：0900602919
FAX ：(04)22623863
E-mail：familysky@familysky.com.tw
Https ://www.familysky.com.tw/
地　址：台中市南區忠明南路 787 號 30 樓國王大樓
No.787-30, Zhongming S. Rd., South District, Taichung City 402, Taiwan (R.O.C.)